Arthur Conan Doyle

Le Marchand de couleur
retiré des affaires

© 2023 Culturea Editions

Texte et illustration de couverture : © domaine public
Edition : Culturea (Hérault, 34)
Contact : infos@culturea.fr
Retrouvez notre catalogue sur http://culturea.fr
Imprimé en Allemagne par Books on Demand
Design typographique : Derek Murphy
Layout : Reedsy (https://reedsy.com/)

Dépôt légal : janvier 2023
Tous droits réservés pour tous pays

ISBN : 9791041927753

Table des matières

Le marchand de couleurs retiré des affaires

Sherlock Holmes, tout pratique et actif qu'il fût, était ce matin-là d'humeur mélancolique et philosophante.

– L'avez-vous vu ? me demanda-t-il.

– Le vieux bonhomme qui vient de sortir ?

– Oui.

– Je l'ai rencontré à la porte.

– Quelle impression vous a-t-il faite ?

– Un être pathétique, futile, brisé.

– Exactement, Watson. Pathétique et futile. Mais toute la vie n'est-elle pas pathétique et futile ? Son histoire n'est-elle pas un microcosme de l'ensemble ? Nous atteignons. Nous saisissons. Nous serrons les doigts. Et que reste-t-il finalement dans nos mains ? Une ombre. Ou pis qu'une ombre : la souffrance.

– Est-il l'un de vos clients ?

– Hé bien ! je suppose que je peux l'appeler un client. Il m'a été adressé par le Yard. Tout à fait comme un médecin adresse parfois un incurable à un charlatan. La police officielle estime qu'elle ne peut rien faire de plus, et que quoi qu'il advienne le malade ne s'en portera pas plus mal qu'aujourd'hui.

– Quelle est son affaire ?

Holmes prit sur la table une carte de visite plutôt sale.

– Josiah Amberley. Il dit qu'il était l'associé en second de Brickfall & Amberley, fabricants de produits artistiques. On voit leurs noms sur des pots de peinture. Il a fait sa petite pelote, s'est retiré des affaires à soixante et un ans, a acheté une maison à Lewisham, et s'est installé pour se reposer après une existence de travail ininterrompu. Son avenir paraissait convenablement assuré.

– Ma foi oui !

Holmes regarda quelques notes qu'il avait griffonnées au dos d'une enveloppe.

– Il s'est retiré en 1896, Watson. Au début de 1897, il a épousé une femme qui avait vingt ans de moins que lui : une assez jolie femme, si la photographie ne la flatte pas. Il avait donc de quoi vivre, plus une femme, plus des loisirs : une route droite s'allongeait devant lui. Et cependant il n'a pas fallu plus de deux ans pour qu'il devienne, comme vous avez pu vous en rendre compte, le plus misérable et le plus anéanti des êtres qui rampent sous le soleil.

– Que s'est-il passé ?

– La vieille histoire, Watson. Un mauvais ami et une épouse inconstante. Amberley avait une marotte dans la vie : les échecs. Non loin de chez lui, à Lewisham, habitait un jeune médecin qui était aussi un passionné des échecs. J'ai noté son nom : le docteur Ray Ernest. Ernest venait souvent à la maison ; une certaine intimité naturelle entre lui et Mme Amberley est née de ces visites ; vous avez pu constater en effet que notre infortuné client n'est guère favorisé en charmes extérieurs, quelles que puissent être ses qualités intérieures. Le couple est parti la semaine dernière : destination inconnue. Plus, et pis si l'on veut, l'épouse infidèle a emporté la cassette du vieillard dans ses bagages, et elle n'a pas oublié de prendre la plus grosse partie des économies qui s'y trouvaient. Pourrons-nous retrouver la dame ? Pourrons-nous sauver l'argent ? Le problème jusqu'à présent est d'une banalité extrême, mais vital pour Josiah Amberley.

– Qu'allez-vous faire ?

– Mon cher Watson, la question immédiate qui se pose est : « Qu'allez-vous faire, vous ? » Si vous avez la bonté de bien vouloir me doubler ! Vous savez que je suis préoccupé par l'affaire des deux patriarches coptes, qui devrait aboutir aujourd'hui. Je n'ai réellement pas le temps de me rendre à Lewisham ; et pourtant une enquête locale est indispensable. Le vieux bonhomme a beaucoup insisté pour que j'y aille, mais je lui ai expliqué mes difficultés. Il est disposé à accueillir mon représentant.

– Je ne crois pas, répondis-je, que je pourrai vous rendre beaucoup de services, mais je ferai de mon mieux.

C'est ainsi que, par un après-midi d'été, je partis pour Lewisham. Je me doutais peu qu'avant une semaine l'affaire où je me trouvais engagé soulèverait dans toute l'Angleterre une émotion passionnée.

La soirée était fort avancée quand je rentrai à Baker Street pour faire mon rapport. Holmes s'assit sur son fauteuil après avoir allumé sa pipe. De lentes volutes d'une fumée âcre montaient vers le plafond. Il avait laissé ses paupières retomber paresseusement sur ses yeux. J'aurais pu croire qu'il dormait si, lorsque je m'arrêtais pour reprendre haleine ou lorsque mon récit lui semblait mériter une précision supplémentaire, ses yeux gris n'apparaissaient brusquement, clairs et aigus comme des rapières, pour me transpercer d'un regard inquisiteur.

– M. Josiah Amberley a baptisé sa maison Le Havre, expliquai-je. Je crois qu'elle vous intéresserait, Holmes. On dirait un patricien ruiné qui aurait sombré dans la société de ses inférieurs. Vous connaissez ce quartier spécial, ses rues monotones avec leurs maisons en brique, les mornes artères de cette banlieue. En plein milieu se dresse une oasis d'ancienne culture et de confort : c'est cette vieille maison, qu'entoure un haut mur baigné de soleil, marbré de lichens, tapissé de mousse ; le genre de mur qui...

– Retranchez la poésie, Watson ! coupa Holmes avec sévérité. Je note simplement : un mur en brique, et haut.

– Bien ! Je n'aurais pas su que c'était Le Havre si je ne m'étais renseigné auprès d'un badaud qui fumait dans la rue. J'ai mes raisons pour mentionner cet homme : il était grand, brun, il avait de fortes moustaches et une allure assez militaire. Il a répondu à ma question par un signe de tête et m'a lancé un coup d'œil curieusement interrogateur dont par la suite j'ai eu à me souvenir.

» J'avais à peine franchi la grille que j'ai vu M. Amberley descendre l'allée. Je ne l'avais qu'aperçu ce matin, et il m'avait déjà donné l'impression d'un être bizarre ; mais quand je l'ai rencontré en pleine lumière, son aspect extérieur m'a paru encore plus anormal.

– Je l'ai étudié, naturellement, me dit Holmes. Mais votre impression personnelle m'intéresse.

– Il m'a semblé littéralement écrasé sous les soucis. Il avait le dos voûté comme s'il portait un fardeau pesant. Cependant il n'est pas aussi débile que je me l'étais imaginé : ses épaules et son thorax pourraient être ceux d'un géant, bien que sa silhouette aille en s'effilant par le bas pour se terminer sur deux jambes en fuseaux.

– Le soulier gauche plissé, le soulier droit lisse.

– Tiens, je ne l'ai pas remarqué !

– Non, vous ne l'auriez pas remarqué. J'ai repéré sa jambe artificielle. Mais poursuivez, Watson.

– J'ai été frappé par les mèches sales de ses cheveux grisonnants qui bouclaient sous son vieux chapeau de paille, ainsi que par sa physionomie : des traits creusés, et une expression farouche, avide...

– Très bien, Watson. Que vous a-t-il dit ?

– Il a commencé par me faire le récit de ses chagrins. Nous avons marché ensemble dans le jardin, ce qui m'a permis d'inspecter les lieux. Je n'ai jamais vu un endroit plus mal entretenu. Le jardin est abandonné aux mauvaises herbes ; tout respire une négligence sauvage au sein de laquelle les plantes suivent les caprices de la nature plus que les règles de l'art. Je me demande comment une femme convenable a pu supporter un pareil décor. La maison en est au dernier degré du délabrement. Le pauvre homme semble s'en rendre compte et vouloir y remédier car un grand pot de peinture se trouvait dans l'entrée, et il tenait un gros pinceau dans la main gauche. Il était en train de repeindre les boiseries.

» Il m'a introduit dans son sanctuaire défraîchi et nous avons longuement bavardé. Bien sûr, il était déçu que vous ne fussiez pas venu vous-même.

» – Je n'escomptais guère, m'a-t-il dit, qu'un homme dans ma condition, surtout après mes gros déboires financiers, pût retenir l'attention d'une célébrité comme M. Sherlock Holmes.

» Je lui ai certifié que la question d'argent n'était pas entrée en ligne de compte.

» – Non, bien sûr ! m'a-t-il répondu. Il travaille pour l'amour de l'art. Mais même sur le plan artistique du crime, il aurait pu trouver ici quelque chose à étudier. Et la nature humaine, docteur Watson ! La noire ingratitude de tout cela ! Lui ai-je jamais refusé quelque chose ? Y a-t-il jamais eu femme plus choyée ? Et ce jeune médecin ! Il aurait pu être mon propre fils. Il avait libre accès chez moi. Il pouvait venir à n'importe quelle heure. Et pourtant, voyez comme ils m'ont traité ! Oh ! docteur Watson, ce monde est méchant, terrible !

» Voilà quel a été le thème de ses refrains pendant une bonne heure. Il n'avait pas soupçonné, je crois, leur intrigue amoureuse. Ils habitaient seuls ; une femme de charge venait dans la journée et partait à six heures du soir. Ce jour-là, le vieil Amberley, voulant faire plaisir à sa femme, avait pris deux places de balcon au Haymarket Théâtre. Au dernier moment, elle s'est plainte d'une migraine et a refusé de sortir. Il y est allé seul. Il me semble qu'il ne peut y avoir de doute là-dessus, car il m'a montré le billet inutilisé qu'il avait pris pour sa femme.

– Très intéressant ! fit Holmes, dont l'attention paraissait s'éveiller. Continuez, Watson. Je trouve votre récit captivant. Avez-vous personnellement examiné le billet ? Vous n'auriez pas par hasard relevé le numéro ?

– Justement si ! répondis-je avec une certaine vanité. Il s'est trouvé que c'était mon ancien numéro de collège, le 31 ; je l'ai donc facilement enregistré.

– Bravo, Watson ! Son fauteuil était donc le 30 ou le 32.

– Très juste ! répondis-je ironiquement. Et au rang B.

– Je suis enchanté de vous, Watson. Que vous a-t-il dit encore ?

– Il m'a montré ce qu'il appelle sa chambre forte. En réalité c'est bien une chambre forte, comme dans une banque, avec une porte en fer et des volets à toute épreuve, m'a-t-il proclamé. Cependant sa femme semble avoir eu le double des clés. Ils ont emporté à peu près sept mille livres en espèces et en titres.

– Des titres ! Comment pourront-ils s'en défaire ?

– Il m'a dit qu'il avait remis à la police une liste des valeurs, et qu'il espérait qu'elles seraient inutilisables. Il était rentré du théâtre vers minuit ; il avait trouvé les lieux pillés, la porte et la fenêtre ouvertes, et les fugitifs envolés sans le moindre message. Depuis, il n'a reçu aucune nouvelle. Il a aussitôt averti la police.

Holmes médita quelques minutes.

– Vous m'avez dit qu'il était en train de peindre. Que peignait-il ?

– Il repeignait le couloir. Mais il avait déjà repeint la porte et les boiseries de cette chambre dont je vous ai parlé.

– Cette occupation ne vous a-t-elle pas semblé bizarre étant donné les circonstances ?

– Il m'a dit : « Il faut bien que je fasse quelque chose pour me distraire. » Voilà son explication. Certes, c'est un peu bizarre, mais l'excentricité ne doit pas lui déplaire. Il a déchiré une photographie de sa femme devant moi, en montrant une fureur effroyable. « Je ne veux plus jamais revoir son visage maudit ! » criait-il.

– Rien de plus, Watson ?

– Si. Une chose qui m'a frappé plus que tout le reste. Je m'étais rendu à la gare de Blackheath et j'étais déjà dans le train quand j'ai vu un homme se précipiter dans le compartiment voisin du mien. Vous savez que j'ai l'œil vif pour reconnaître les visages, Holmes ? Hé bien ! c'était incontestablement l'homme grand et brun à qui je m'étais adressé dans la rue ! Je l'ai revu à London Bridge, puis je l'ai perdu dans la foule. Mais je suis persuadé qu'il me suivait.

– Sans doute, dit Holmes. Un homme grand, brun, à lourdes moustaches, m'avez-vous dit, avec des lunettes de soleil ?

– Holmes, vous êtes un sorcier. Je ne vous avais pas parlé de lunettes teintées, mais il avait des lunettes teintées.

– Et une épingle de cravate maçonnique ?

– Holmes !

– Enfantin, mon cher Watson ! Mais redescendons au niveau du pratique. Je dois vous confesser que l'affaire, qui me semblait absurdement simple, si simple qu'elle ne méritait guère mes attentions, se présente maintenant sous un jour très différent. Bien que vous soyez passé dans votre mission à côté de tout ce qui était important, les choses qui se sont imposées d'elles-mêmes à votre observation me donnent beaucoup à penser.

– À côté de quoi suis-je passé ?

– Ne vous vexez pas, mon cher ami ! Vous savez que je suis tout à fait objectif. Personne d'autre n'aurait fait mieux. Certains moins bien, peut-être. Mais vous êtes visiblement passé à côté de points essentiels. Que pensent les voisins de cet Amberley et de sa femme ? Voilà ce qu'il aurait été important de savoir. Et que pensent-ils du docteur Ernest ? Était-il le gai Lothario que l'on peut supposer ? Avec vos avantages naturels, Watson, n'importe quelle femme vous aide et devient votre complice. Avez-vous interrogé la postière ou la femme de l'épicier ? Je vous vois très bien chuchotant de petits riens à l'oreille de la jeune bonne de l'Ancre-Bleue et recevant en échange des tas de renseignements. Tout cela, vous l'avez négligé.

– Je peux encore le faire.

– C'est déjà fait. Grâce au téléphone et au concours du yard, je peux généralement obtenir l'essentiel sans quitter ma chambre. En fait, mes informations confirment l'histoire du bonhomme. Il a la réputation dans le pays d'être un avare en même temps qu'un mari rude et exigeant. Il est certain qu'il avait une grosse somme d'argent dans sa chambre forte. Il est également vrai que le jeune docteur Ernest, célibataire, jouait aux échecs avec Amberley et sans doute à d'autres jeux avec sa femme. Tout cela semble ne pas faire un pli ; on pourrait croire qu'il n'y a rien d'autre à dire ; et pourtant, pourtant !...

– Qu'entrevoyez-vous ?

– Mon imagination, sans doute, travaille... Bien. Restons-en là, Watson. Terminons une journée de labeur par un peu de musique. Carina chante ce soir à l'Albert Hall, et nous avons le temps de nous habiller, de dîner et de l'entendre.

Le lendemain matin, je me levai de bonne heure ; mais des miettes de toasts et des coquilles vides m'apprirent que mon compagnon avait été encore plus matinal que moi. Sur la table je trouvai un billet écrit à la diable.

« Cher Watson,

« Il y a un ou deux points que je souhaiterais établir avec M. Josiah Amberley. Quand ce sera fait, nous pourrons laisser tomber l'affaire... ou la reprendre. Je voudrais vous prier d'être disponible vers trois heures, car il serait possible que j'aie besoin de vous. S. H. »

Je ne revis pas Holmes avant l'heure dite. Il rentra l'air grave, préoccupé, distant. Dans de tels moments, il était plus sage de le laisser seul.

– Amberley est-il venu ?

– Non.

– Ah ! je l'attendais !

Il ne fut pas déçu, car bientôt le vieux bonhomme arriva avec une expression de lassitude et d'embarras sur son visage austère.

– J'ai reçu un télégramme, monsieur Holmes. Je n'y comprends rien.

Il le tendit à Holmes qui le lut à haute voix.

« Venez tout de suite sans faute. Puis vous donner des renseignements sur votre récente perte. Elman, au presbytère. »

– Expédié de Little Purlington à deux heures dix, dit Holmes. Little Purlington se trouve dans l'Essex, il me semble, non loin de Frinton. Hé bien ! naturellement, vous allez partir tout de suite ! Ce télégramme émane d'une personne responsable, le curé de l'endroit. Où est mon répertoire ? Voilà, nous l'avons. J. C. Elman, maître ès arts, habitant à Mossmoor, Little Purlington... L'indicateur, Watson, je vous prie !

– Il y a un train qui part à cinq heures vingt de Liverpool Street.

– Parfait. Vous feriez mieux de l'accompagner, Watson. Il peut avoir besoin d'aide ou de conseils. Nous sommes parvenus à un tournant dans cette affaire.

Mais notre client ne semblait pas du tout disposé à partir.

– C'est complètement absurde, monsieur Holmes ! dit-il. Que peut savoir cet homme de ce qui m'est arrivé ? C'est du temps et de l'argent dépensés en pure perte !

– Il ne vous aurait pas télégraphié s'il n'avait du neuf à vous communiquer. Télégraphiez immédiatement que vous partez pour Little Purlington.

– Je ne crois pas que je vais y aller.

Holmes prit son air le plus sévère.

– Vous produiriez sur la police et sur moi-même la pire impression, monsieur Amberley, si, lorsqu'une piste aussi évidente se révèle, vous refusiez de la suivre. Nous devrions alors penser que vous ne tenez pas beaucoup à approfondir cette enquête.

Notre client parut horrifié.

– Oh ! j'irai évidemment si vous le prenez ainsi ! dit-il. À première vue, il semble absurde que cet ecclésiastique sache quoi que ce soit, mais si vous croyez...

– Oui, je le crois ! interrompit Holmes avec emphase.

Il me prit à part avant que nous partions et me donna un conseil qui montrait l'importance qu'il attachait à cette démarche.

– Ce qui compte, c'est qu'il parte ! me chuchota-t-il. S'il s'échappe, ou s'il rentre, filez à la poste la plus proche, et envoyez-moi un simple mot : « Décampé. » Je m'arrangerai pour qu'il m'atteigne où je serai.

Little Purlington n'est pas d'un accès facile, car il est situé sur une voie secondaire. Le souvenir que j'ai gardé de mon voyage n'est pas désagréable : il faisait beau et chaud, le train roulait avec lenteur, mon compagnon de route ne soufflait mot, sauf pour lancer par intermittence une remarque sardonique sur la stupidité de ce voyage. Devant la gare, nous louâmes une voiture qui nous emmena jusqu'au presbytère, à plus de trois kilomètres. Nous fûmes reçus par un ecclésiastique solennel, imposant, presque majestueux. Notre télégramme était posé sur son bureau.

– Hé bien ! messieurs, nous dit-il, que puis-je faire pour votre service ?

– Nous sommes venus, expliquai-je, à la suite de votre télégramme.

– Mon télégramme ? Je ne vous ai pas télégraphié !

– Je veux parler du télégramme que vous avez expédié à M. Josiah Amberley au sujet de sa femme et de son argent.

– Si c'est une plaisanterie, monsieur, elle me paraît d'un goût douteux ! répondit l'ecclésiastique d'un ton sec. Je n'ai jamais entendu prononcer le nom de ce gentleman, et je n'ai télégraphié à personne.

Notre client et moi, nous nous regardâmes avec stupéfaction.

— Peut-être y a-t-il erreur ? dis-je. N'y aurait-il pas ici deux presbytères ? Voici le télégramme que nous avons reçu : il est signé Elman et daté du presbytère.

— Il n'y a qu'un presbytère, monsieur, et un seul curé. Ce télégramme est un faux abominable, dont la police aura à connaître. En attendant, je ne vois pas pourquoi nous prolongerions cet entretien.

M. Amberley et moi, nous nous retrouvâmes sur la route qui traversait le village probablement le plus primitif de l'Angleterre. Nous nous rendîmes au bureau de poste, mais il était déjà fermé. Cependant il y avait le téléphone à la petite auberge en face de la gare ; j'obtins Holmes au bout du fil ; mon ami partagea notre étonnement.

– Très bizarre ! fit la voix lointaine. Très intéressant ! Je crains, mon cher Watson, qu'il n'y ait pas de train ce soir pour rentrer. Je vous ai bien involontairement condamné aux horreurs d'une auberge de campagne. Toutefois vous avez la nature, Watson, la nature et Josiah Amberley. Vous pourrez être en pleine communion avec les deux.

J'entendis son petit rire quand il raccrocha.

Je ne tardai pas à m'apercevoir que la réputation d'avarice de mon compagnon n'était pas usurpée. Il avait grommelé sur la dépense occasionnée par le voyage, il avait voulu voyager en troisième classe, le lendemain matin il contesta le détail de la note d'hôtel. Quand nous arrivâmes enfin à Londres, il était difficile de dire lequel de nous deux était de plus mauvaise humeur.

– Vous feriez mieux de passer par Baker Street, lui dis-je. M. Holmes peut avoir de nouvelles instructions à vous donner.

– Si elles valent les dernières, je ne vois pas à quoi elles pourraient me servir ! répondit Amberley en ricanant.

Néanmoins il m'accompagna. J'avais déjà averti Holmes par télégramme de l'heure de notre arrivée, mais nous trouvâmes un message nous informant qu'il nous attendait à Lewisham. À cette surprise en succéda une autre. Nous découvrîmes qu'il n'était pas seul dans le petit salon de notre client. Un homme au visage grave, impassible, était assis à côté de lui ; il avait des lunettes teintées et une épingle de cravate maçonnique.

– Je vous présente mon ami, M. Barker ! annonça Holmes. Il s'est intéressé également à votre affaire, monsieur Amberley, bien que nous ayons travaillé séparément. Mais nous avons tous deux la même question à vous poser !

M. Amberley s'assit pesamment. Il sentait l'imminence d'un danger. Je le devinai à ses yeux tirés et à sa physionomie agitée.

– Quelle est cette question, monsieur Holmes ?

– Simplement celle-ci : qu'avez-vous fait des cadavres ?

L'homme bondit en poussant un cri. Ses mains osseuses battirent l'air. Il avait la bouche ouverte. Pendant un moment il ressembla à un très vilain rapace. En un éclair, nous eûmes la vision du véritable Josiah Amberley, démon dont l'âme était aussi tordue que le corps. Quand il retomba sur son siège, il porta une main à sa bouche comme pour étouffer un accès de toux. Holmes bondit comme un tigre, l'empoigna par la gorge et lui courba le cou jusqu'à ce que son visage touchât presque le plancher. Une pilule blanche s'échappa des lèvres du monstre.

– Pas de raccourcis, Josiah Amberley ! Les choses doivent suivre leur cours normal et régulier. Alors, Barker ?

– Un fiacre attend à la porte, répondit notre compagnon.

– Nous ne sommes qu'à quelques centaines de mètres du commissariat. Je vais vous accompagner. Vous pouvez rester ici, Watson. Je serai de retour avant une demi-heure.

Le vieux marchand de couleurs avait la force d'un lion dans la moitié supérieure de son corps ; mais entre les mains de deux sportifs expérimentés, il était réduit à l'impuissance. Il eut beau se débattre, il fut traîné jusqu'au fiacre et je pris ma faction solitaire dans cette maison sinistre. Holmes revint peu après en compagnie d'un jeune et élégant inspecteur de police.

– J'ai laissé Barker veiller aux formalités, me dit Holmes. Vous ne connaissiez pas encore Barker, Watson ? C'est mon grand concurrent sur la côte du Surrey. Quand vous m'avez parlé d'un homme brun et de haute taille, je n'ai pas eu de mal à compléter le portrait. Il a plusieurs bonnes affaires à son actif, n'est-ce pas, inspecteur ?

– Il est en effet intervenu à plusieurs reprises, répondit l'inspecteur avec quelque réserve.

– Oui, ses méthodes ne sont pas toujours régulières. Les miennes non plus. Mais les irréguliers sont parfois utiles, vous savez ! Vous, par exemple, avec votre avertissement réglementaire que tout ce qu'il dirait pourrait être utilisé contre lui, vous n'auriez jamais arraché à ce bandit le début d'une confession.

– Peut-être que non. Mais nous y serions arrivés tout de même, monsieur Holmes. Ne croyez pas que nous n'avions pas notre opinion sur l'affaire et que nous n'aurions pas arrêté ce bonhomme ! Vous nous excuserez si nous ne sommes guère contents lorsque vous intervenez avec des méthodes que nous ne pouvons pas employer, et que vous nous privez du crédit que nous aurions tiré d'un succès plus tardif.

– Je ne vous retirerai aucun crédit, MacKennon ! Je vous affirme qu'à partir de maintenant je m'efface. Quant à Barker, il n'a fait que ce que je lui ai dit de faire.

L'inspecteur sembla considérablement soulagé.

– C'est très chic de votre part, monsieur Holmes. La louange ou le blâme vous importent peu sans doute, mais pour nous c'est très différent, quand la presse commence à poser des questions.

– D'accord ! Mais comme de toute manière la presse pose des questions, il vaut mieux avoir les réponses toutes prêtes. Que direz-vous, par exemple, si un reporter intelligent vous demande les points précis qui ont éveillé vos soupçons et qui vous ont finalement convaincu de la réalité des faits ?

L'inspecteur fut embarrassé.

– Nous ne semblons pas tenir encore la réalité des faits, monsieur Holmes. Vous dites que le prisonnier, en présence de trois témoins, a pratiquement avoué, en essayant de se suicider, qu'il avait assassiné sa femme et l'amant de celle-ci. Quels autres faits possédez-vous ?

– Avez-vous prévu une perquisition ?

– Trois agents sont en route.

– Alors vous aurez bientôt le fait le plus évident de tous. Les cadavres ne peuvent pas être bien loin. Fouillez les caves et le jardin. Ce ne devrait pas être trop long de remuer les endroits les plus vraisemblables. Cette maison est plus ancienne que les canalisations d'eau. Il doit donc y avoir quelque part un puits hors d'usage. Essayez votre chance de ce côté.

– Mais comment l'avez-vous deviné, et comment le crime a-t-il été commis ?

– Je vous montrerai d'abord comment il a été commis. Ensuite je vous fournirai les explications qui vous sont dues, à vous et à mon très patient ami dont l'assistance m'a été constamment inestimable. Mais en premier lieu, je voudrais vous éclairer sur la mentalité de cet individu. Elle est assez particulière, au point que je crois qu'il atterrira plus vraisemblablement à Broadmoor que sur l'échafaud. Il possède à un degré élevé cette sorte d'esprit qui caractérise plutôt le tempérament d'un Italien du Moyen Âge que celui d'un Anglais d'aujourd'hui. C'était un avare redoutable ; il s'est rendu tellement odieux par ses mesquineries qu'il a fait de sa femme une proie toute prête pour le premier aventurier venu. Ce personnage s'est présenté sous la personne du médecin joueur d'échecs. Amberley excellait aux échecs : ce qui dénotait, Watson, une intelligence capable de concevoir des plans. Comme tous les avares, il était jaloux ; sa jalousie est devenue une obsession poussée à la frénésie. À tort ou à raison, il a soupçonné une intrigue amoureuse. Il a décidé de se venger, et il a manigancé son projet avec une habileté diabolique. Venez !

Holmes nous mena dans le couloir d'un pas aussi assuré que s'il avait vécu dans la maison, et il s'arrêta devant la porte ouverte de la chambre forte.

– Pouah ! Quelle affreuse odeur de peinture ! s'écria l'inspecteur.

– Vous venez de tomber sur notre premier indice, dit Holmes. Vous pouvez remercier le docteur Watson qui avait remarqué l'odeur sans toutefois en déduire la raison. Voilà ce qui m'a mis le pied sur la piste. Pourquoi cet homme, à un pareil moment, remplissait-il sa maison d'odeurs fortes ? Évidemment afin de masquer une autre odeur qu'il voulait dissimuler : une odeur coupable, qui aurait éveillé des soupçons. Puis je pensai à cette chambre que vous voyez, avec sa porte en fer et ses volets à toute épreuve : une chambre hermétiquement close. Reliez ces deux faits ! où mènent-ils ? Je ne pouvais en décider qu'en examinant moi-même la maison. J'étais déjà certain que l'affaire était grave ; car j'avais pris mes renseignements au Haymarket Théâtre (autre information donnée par le docteur Watson, à qui rien n'échappe) et j'avais reçu l'assurance que ni le 30 ni le 32 du rang B du balcon n'avaient été occupés ce soir-là. Amberley n'était donc pas allé au théâtre ; son alibi tombait à l'eau. Il a commis une grosse erreur en permettant à mon astucieux ami de relever le numéro du fauteuil qu'il avait loué pour sa femme. La question qui se posait maintenant était de savoir comment je pourrais examiner les lieux. J'ai envoyé un agent dans un village impossible, et j'ai fait convoquer mon bonhomme à une heure telle qu'il ne pouvait pas rentrer le jour même. Pour prévenir tout accident, le docteur Watson l'a accompagné. J'avais pris le nom du curé, bien sûr, dans le répertoire des ecclésiastiques. Est-ce clair ?

– C'est formidable ! répondit l'inspecteur.

– Ne redoutant aucune interruption, je me suis mis en demeure de cambrioler la maison. Le cambriolage m'a toujours tenté, mais je ne m'y suis livré qu'en de rares occasions... Dommage ! J'aurais pu me faire un nom chez les gangsters... Observez bien ce que j'ai découvert. Voyez-vous le tuyau du gaz qui court le long de la bordure ? Très bien. Il grimpe dans l'angle du mur, et il y a un robinet ici dans le coin. Le tuyau se prolonge dans la chambre forte, comme vous pouvez le constater, et aboutit à cette rose de plâtre au centre du plafond, où il est dissimulé par l'ornementation. Cette extrémité du tuyau n'est pas bouchée. A n'importe quel moment, en tournant le robinet de l'extérieur, la chambre pouvait être inondée de gaz. Avec la porte et les volets clos, avec le robinet ouvert, je ne donnerais pas deux minutes de vie à quiconque se trouvant enfermé à l'intérieur. Par quelle ruse infernale les a-t-il attirés là-dedans ? Cela je l'ignore. Mais une fois pris au piège, ils ont été à sa merci.

L'inspecteur examina le tuyau avec intérêt.

– L'un de nos agents a noté une odeur de gaz, dit-il. Mais bien entendu la porte et la fenêtre étaient ouvertes, et la peinture déjà commencée. Il s'était mis juste la veille à repeindre, nous a-t-il dit. Et quoi encore, monsieur Holmes ?

– Hé bien ! il s'est produit un incident imprévu. À l'aube, je m'éloignais par la fenêtre de la cuisine quand j'ai senti une main me prendre à la gorge, et une voix une m'a dit :

» – Alors, mon gaillard, que faites-vous ici ?

» Quand j'ai pu tourner la tête, j'ai reconnu les lunettes teintées de mon ami et concurrent M. Barker. C'était une curieuse rencontre ; nous en avons bien ri, je crois... Je pense qu'il avait été prié par la famille du docteur Ernest de procéder à quelques vérifications, et il en était venu à la même conclusion que moi. Depuis quelques jours il surveillait la maison, et il avait repéré le docteur Watson au nombre des visiteurs suspects. Il lui était difficile d'arrêter Watson, mais, quand il a vu un homme s'échapper par la fenêtre de la cuisine, il n'a pas pu se retenir. Je lui ai donc fait part de mes découvertes, et nous avons poursuivi l'affaire ensemble.

– Pourquoi lui ? Pourquoi pas nous ?

– Parce que j'avais l'intention de procéder à la petite expérience qui s'est révélée si concluante. J'avais peur que vous ne m'eussiez refusé d'aller aussi loin.

L'inspecteur sourit.

– Hé bien ! nous ne vous l'aurions peut-être pas refusé ! Je crois que j'ai votre parole, monsieur Holmes, que vous vous dégagez personnellement de l'affaire à présent, et que vous nous communiquerez tous vos résultats ?

– Certainement. C'est mon habitude.

– Hé bien ! au nom de la police officielle, je vous remercie ! Telle que vous nous avez présenté l'affaire, elle semble claire ; mais il y a encore les cadavres à trouver.

– Je vais vous montrer un petit lambeau de preuve, dit Holmes. Je suis sûr qu'Amberley lui-même ne l'a pas vu. Vous n'obtiendrez de résultats, inspecteur, que si vous vous mettez toujours à la place de l'autre et si vous réfléchissez à ce que vous auriez fait dans son cas. Cette méthode requiert de l'imagination, mais elle est payante. Voyons, supposez que vous soyez enfermé dans cette petite pièce, que vous n'ayez que deux minutes à vivre, mais que vous teniez à faire match nul avec le démon en train de se moquer de vous de l'autre côté de la porte. Que feriez-vous ?

– J'écrirais un message.

– Voilà ! Vous auriez aimé que le public sût comment vous étiez mort. Mais vous n'auriez pas écrit sur du papier. Un papier se voit trop. Par contre, un œil exercé pourrait apercevoir ce que vous écririez sur le mur. Or, regardez ! Juste au-dessus du rebord est écrit au crayon rouge : « Nous av... » Voilà tout.

– Que pensez-vous de cette inscription ?

– Elle n'est qu'à trente centimètres au-dessus du plancher. Le pauvre diable était déjà étendu et agonisant quand il l'a écrite. Il a perdu connaissance avant d'avoir achevé sa phrase.

– Il voulait écrire : « Nous avons été assassinés » !

– Je la traduis aussi de cette façon. Si vous trouvez sur le cadavre un crayon rouge...

– Oh ! nous le chercherons ! Mais ces titres, ces valeurs ? Il n'y a pas eu le moindre cambriolage ! Et pourtant il les possédait ! Nous l'avons vérifié.

– Vous pouvez être certain qu'il les a cachés en lieu sûr. Quand toute l'affaire aurait sombré dans l'oubli, il les aurait subitement retrouvés, il aurait annoncé que le couple coupable s'était repenti et lui avait renvoyé le butin...

– Vous avez réponse à tout ! fit l'inspecteur. Bien entendu, il était obligé de nous alerter ; mais ce que je ne comprends pas, c'est qu'il se soit adressé à vous.

– Simple gloriole ! dit Holmes. Il se sentait si malin, si sûr de lui, qu'il se croyait invulnérable. Il pouvait dire aux voisins : « Voyez ! J'ai consulté non seulement la police, mais même Sherlock Holmes ! »

L'inspecteur se mit à rire.

– Nous vous pardonnerons ce « même », monsieur Holmes ! Car vous avez réussi là un chef-d'œuvre !

Deux jours plus tard, mon ami me tendit un exemplaire du bihebdomadaire *North Surrey Observer*. Sous une série de manchettes flamboyantes qui commençaient par « L'horreur du Havre » et se terminaient par « Un brillant succès de la police », s'allongeait une colonne serrée qui donnait le compte rendu chronologique de l'affaire. Le dernier paragraphe était typique. Je lus :

« La perspicacité remarquable avec laquelle l'inspecteur MacKennon déduisit de l'odeur de peinture qu'une autre odeur, celle du gaz par exemple, avait pu passer inaperçue ; la déduction hardie que la chambre forte pouvait être aussi la chambre de la mort ; l'enquête subséquente qui aboutit à la découverte des cadavres dans un puits hors d'usage habilement dissimulé sous une niche à chien, voilà bien l'exemple digne d'illustrer dans l'histoire du crime l'intelligence de nos détectives professionnels. »

– Bah ! MacKennon est un brave type, commenta Holmes avec un sourire indulgent. Vous pourrez néanmoins classer cette affaire dans nos archives, Watson. Un jour ou l'autre vous raconterez sa véritable histoire.

Arthur Conan Doyle.

Toutes les aventures de Sherlock Holmes

Liste des quatre romans et cinquante-six nouvelles qui constituent les aventures de Sherlock Holmes, publiées par Sir Arthur Conan Doyle entre 1887 et 1927.

Romans

* Une Étude en Rouge (novembre 1887)
* Le Signe des Quatre (février 1890)
* Le Chien des Baskerville (août 1901 à mai 1902)
* La Vallée de la Peur (sept 1914 à mai 1915)

Les Aventures de Sherlock Holmes

* Un Scandale en Bohême (juillet 1891)
* La Ligue des Rouquins (août 1891)
* Une Affaire d'Identité (septembre 1891)
* Le mystère de la vallée de Boscombe (octobre 1891)
* Les Cinq Pépins d'Orange (novembre 1891)
* L'Homme à la Lèvre Tordue (décembre 1891)
* L'Escarboucle Bleue (janvier 1892)
* Le Ruban Moucheté (février 1892)
* Le Pouce de l'Ingénieur (mars 1892)
* Un Aristocrate Célibataire (avril 1892)
* Le Diadème de Beryls (mai 1892)
* Les Hêtres Rouges (juin 1892)

Les Mémoires de Sherlock Holmes

* Flamme d'Argent (décembre 1892)
* La Boite en Carton (janvier 1893)
* La Figure Jaune (février 1893)
* L'Employé de l'Agent de Change (mars 1893)
* Le Gloria-Scott (avril 1893)
* Le Rituel des Musgrave (mai 1893)
* Les Propriétaires de Reigate (juin 1893)

* Le Tordu (juillet 1893)
* Le Pensionnaire en Traitement (août 1893)
* L'Interprète Grec (septembre 1893)
* Le Traité Naval (octobre / novembre 1893)
* Le Dernier Problème (décembre 1893)

Le Retour de Sherlock Holmes

* La Maison Vide (26 septembre 1903)
* L'Entrepreneur de Norwood (31 octobre 1903)
* Les Hommes Dansants (décembre 1903)
* La Cycliste Solitaire (26 décembre 1903)
* L'École du prieuré (30 janvier 1904)
* Peter le Noir (27 février 1904)
* Charles Auguste Milverton (26 mars 1904)
* Les Six Napoléons (30 avril 1904)
* Les Trois Étudiants (juin 1904)
* Le Pince-Nez en Or (juillet 1904)
* Un Trois-Quarts a été perdu (août 1904)
* Le Manoir de L'Abbaye (septembre 1904)
* La Deuxième Tâche (décembre 1904)

Son Dernier Coup d'Archet

* L'aventure de Wisteria Lodge (15 août 1908)
* Les Plans du Bruce-Partington (décembre 1908)
* Le Pied du Diable (décembre 1910)
* Le Cercle Rouge (mars/avril 1911)
* La Disparition de Lady Frances Carfax (décembre 1911)
* Le détective agonisant (22 novembre 1913)
* Son Dernier Coup d'Archet (septembre 1917)

Les Archives de Sherlock Holmes

* La Pierre de Mazarin (octobre 1921)
* Le Problème du Pont de Thor (février et mars 1922)
* L'Homme qui Grimpait (mars 1923)

* Le Vampire du Sussex (janvier 1924)
* Les Trois Garrideb (25 octobre 1924)
* L'Illustre Client (8 novembre 1924)
* Les Trois-Pignons (18 septembre 1926)
* Le Soldat Blanchi (16 octobre 1926)
* La Crinière du Lion (27 novembre 1926)
* Le Marchand de Couleurs Retiré des Affaires (18 décembre. 1926)
* La Pensionnaire Voilée (22 janvier 1927)
* L'Aventure de Shoscombe Old Place (5 mars 1927)